FRAGMENS,
COMPOSÉS DES ACTES
D'ALMASIS,
D'ISMÈNE
ET DE LINUS:
REPRÉSENTÉS
PAR L'ACADEMIE ROYALE
DE MUSIQUE,

Le Vendredi 28 Août 1750.

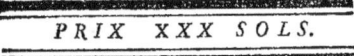

PRIX XXX SOLS.

AUX DEPENS DE L'ACADÉMIE.

A PARIS, Chez la V. Delormel & Fils, Imprimeur de ladite Académie, rue du Foin, à l'Image Ste. Geneviéve.

On trouvera des Livres de Paroles à la Salle de l'Opéra.

M. D.C.C.L.

AVEC APPROBATION ET PRIVILEGE DU ROY.

ACTEURS CHANTANS

Dans les Chœurs.

CÔTE' DU ROI.		CÔTE' DE LA REINE.	
Mesdemoiselles.	*Messieurs.*	*Mesdemoiselles.*	*Messieurs.*
Dun.	Lefebvre.	Cartou.	Gratin.
Tulou.	Le Page c.	Rollet.	Le Mesle.
Delorge.	S. Martin.	Daliere.	Bertrand.
	Dun, fils.	Masson.	Dumats.
Larcher.	Gélin.		Hordé.
Cazeau.	Fel.	Chefdevile.	Levasseur.
LeTourneur.	Bourque.	Gondré.	Chapotin.
	Duchenet.	Hery.	Favier.
Lablotiere.	Rochette.	Fo iot.	Feret.
La Croix.	Le Roy.		
	Selle.	Sonmervile	Touchain.
Sallaville.	Roze.	Duval.	Cardinet.

A ij

ALMASIS,

BALLET,

DONNÉ A VERSAILLES

En 1747 *&* 1748.

ET mis pour la premiére fois au Théâtre de l'Académie
Royale de Musique, le Vendredi 28 Août. 1750.

―――――――――――――――――――――

PREMIÉRE ENTRÉE.

―――――――――――――――――――――

Les Paroles font de Monfieur DE MONCRIF, Lecteur de la Reine ; l'un des Quarante de l'Académie Françoife, & de l'Académie Royale des Siences & Belles Lettres de Berlin.

La Mufique eft de Monfieur ROYER, ordinaire de la Mufique de la Chambre du Roi , Maître de Mufique des Enfans de France , & Maître de Clavecin de Madame la Dauphine.

ACTEURS.

ALMASIS, *Habitante des Isles Fortunées*,   Mlle· Chevalier.

ZAMNIS, *Amant D'ALMASIS*,   M^r· de Chaßé.

L'ORDONNATRICE *des Fêtes de l'Hymen*,   Mlle· Le Miere.

UN INDIEN,   M^r· Le Page.

INDIENNES, *qui célébrent les jours heureux*.

ESCLAVES *de diverses Nations*.

PERSONNAGES DANSANS.

Premier Divertiſſement.

INDIENNES

Qui célebrent les jours heureux.

Mlle. CARVILLE.

Mlles. Puvignée, m. Deſiré, Bellenot, Selle,
Pajot, Ponchon.

Second Divertiſſement.

AFFRIQUAINS.

Mr. DUPRE'.

Mlle DE LANY.

Mr. TESSIER, Mlle. LABATTE.

Mrs. Saunier, Laval, Feuillade, Le Liévre,
Dupré, Gobert.

TURCS. Mrs. LYONOIS, VESTRIS,

CHINOIS. Mrs. Sody, Laurent, Beat.

ASIATIQUES. Mr. Caillé, Mlle. Sauvage.

SCYTHES. Mr. Bourgeois, Mlle. Deſchamps.

ALMASIS,
BALLET.
PREMIERE ENTRÉE.

Le Théâtre représente les Jardins , & une partie du
Palais de ZAMNIS.

SCENE PREMIERE.
ZAMNIS.

Pour vous belle Almasis ; mon amour est
extrême :
Que ne m'a-t'on permis le charme de vous
voir ;
J'aurois passé les jours content du seul espoir
De vous obtenir de vous-même.

Devenu votre Epoux, fans confulter vos vœux,
Comme vous, j'ai fouffert d'une loi trop cruelle,
 Hé quoi! Jamais une Belle en ces lieux,
N'apprend quel eft l'Amant qu'on unit avec elle
Qu'après que de l'hymen on a formé les nœuds;
Pour vous belle Almafis, &c.

Zamnis connoît les maux qu'il ne peut éviter;
 Si vous méprifez fa tendreffe,
Vos yeux, ces yeux fi beaux, feront cachés fans ceffe
Sous un voile fatal qu'il faudra refpecter.

Mais le moment s'approche; Amour fois moi pro-
 price;
Des fêtes de l'Hymen je vois l'Ordonnatrice.

S C E N E I I.

ZAMNIS, L'ORDONNATRICE,
CHŒUR D'INDIENNES.

C H Œ U R.

NOus célébrons les jours heureux,
 La plus flateufe conquête
 Couronne vos tendres vœux.
Que vous devez vous plaire à nos chants amoureux!

L'ORDONNATRICE.

Notre art embellit chaque Fête ;
Mais comment peindre , dans nos jeux ,
Tout le charme des nœuds
Que l'Hymen vous apprête ?

CHŒUR.

La plus flateuſe conquête
Couronne vos tendres vœux.

L'ORDONNATRICE.

Almaſis en ce jour devient votre partage ;
Que votre fort doit vous charmer.

ZAMNIS.

Je l'aime, je l'obtiens ; mais le foible avantage ,
Si je ne puis m'en faire aimer !
Son triomphe à mes yeux ſe retrace ſans ceſſe :

Le jour qu'une aimable jeuneſſe ,
Célébroit l'aurore en ces lieux ,
La charmante Almaſis qui préſidoit aux jeux ,
Paroît , leve ſon voile , on crut voir la Déeſſe ,
Mais plus charmante encor qu'elle n'eſt dans les
Cieux.
Mille Amans empreſſés de lui paroître aimables ,
A l'envi voloient ſur ſes pas.
Interdit , enchanté , j'admirois tant d'appas ;
J'attirai quelquefois ſes regards adorables.

L'ORDONNATRICE.

Les transports, les empreffemens,
Ne font pas de fidéles guides ;
Des regards tendres & timides,
Souvent fervent mieux les amans.

Quel autre choix pouvoit-on faire,
Entre tant de rivaux jaloux ?
Almafis va trouver en vous
L'Amant le plus digne de plaire.

Z A M N I S.

Que je crains ce voile févére
Qui poura de fes vœux m'annoncer le refus ?
A mon amour fi fon cœur eft contraire,
Non, fon hymen pour moi n'eft qu'un malheur de
plus.
Poffede-t'on l'objet qui nous enflâme,
Quand fon penchant s'oppofe à nos défirs ?
Quel tourment d'affliger une ame
Dont la félicité feroit tous nos plaifirs !

L'ORDONNATRICE.

Raffurez votre tendreffe
Par l'efpoir d'un fort heureux :
Vous êtes bien amoureux,
Vous étudierez fans ceffe,
Les momens d'offrir vos vœux ;
L'Amour manque-t'il d'adreffe ?

Vous

Vous opposerez aux rigueurs,
Des soins flateurs,
Jamais de plaintes :
Vous verrez s'envôler vos craintes,
Et les amours vous couronner de fleurs :

On entend une symphonie.

Almasis vient.

Z A M N I S.

Quel trouble je sens naître ;
En ma faveur tâchez de l'attendrir.
Je n'ose encor la voir ; il faudroit en mourir,
Si sa haine éclatoit en me voyant paroître.

SCENE III.

ALMASIS *dans un char*, L'ORDONNATRICE.
CHŒURS *d'Indiens.*

ALMASIS *, aux* ORDONNATRICES.

CEssez ces soins offerts,
Cessez ce vain hommage :
Vos jeux & vos concerts
M'annoncent l'esclavage ;
J'ignore à qui l'hymen m'engage,

B

ALMASIS,

Et je fens l'horreur de mes fers:
Ceffez ces foins offerts,
Ceffez ce vain hommage.

L'Ordonnatrice & fa fuite fe retirent.

Je paffois, fans aimer, les plus beaux de mes jours ;
L'Amour m'offre Zamnis, mon cœur charmé s'en-
flâme,
Que l'Amant qu'il deftine à nous plaire toujours
S'empare aifement de notre ame ;

Zamnis, mon cher Zamnis... Ah! trop flateufe
erreur.
S'il étoit mon Epoux, je le verrois paroître.
Il m'aime, fes regards m'ont peint fa vive ardeur ;
Il ne faut qu'un moment pour lire dans un cœur
La tendreffe qu'on y fait naître.

Zamnis, mon cher Zamnis... Ah! trop flateufe erreur,
S'il étoit mon Epoux, je le verrois paroître.
Apprenons mon deftin... Je fuis feule. On me fuit.

Aux Ordonnatrices qui reparoiffent.

Venez & me livrez au fort qui me pourfuit.

LE CHŒUR.

Connoiffez la douce chaîne
Que l'hymen a faite pour vous ;
Ne voyez dans un Epoux
Qu'un efclave amant de fa Reine.

L'ORDONNATRICE.

Le feul empire qu'il prétend,
  C'eft ce doux afcendant
Que donne le bonheur de plaire :
  Soyez favorable ou févére,
  Il fera foumis & conftant.

LE CHŒUR.

Connoiffez la douce chaîne
Que l'hymen a faite pour vous :

L'ODONNATRICE.

Ne voyez dans un Epoux
Qu'un efclave Amant de fa Reine.

CHŒUR.

Ne voyez dans un Epoux
Qu'un efclave Amant de fa Reine.

SCENE IV.

ZAMNIS, les ACTEURS de la Scene
précédente.

L'ORDONNATRICE.

IL vient, l'heureux mortel qui va porter vos fers.

*ALMASIS, baiffe fon voile, L'ORDONNATRICE
& fa fuite fe retirent.*

Z A M N I S.

Ciel! Du voile odieux fes beaux yeux font couverts.

A L M A S I S , le voile baiſſé & ſe tournant à peine du
côté de Z A M N I S qui reſte au fond du Théâtre.

Vous, qui fans confulter mon ame,
Obtenez par l'hymen, l'empire fur mes vœux.
Connoiſſez-moi : de la plus vive flâme
Mon cœur brûle en fecret depuis nos derniers jeux;
Ce que j'aime eſt charmant, je l'aimerai fans ceſſe.
Oui, ſi vous n'êtes point, l'objet de ma tendreſſe,
Mon cœur ſçaura vous en punir;
Vous me verrez de l'une à l'autre aurore,
Vous peindre , avec tranſport, un Amant que
j'adore ,
Vivre pour le pleurer, le plaindre & vous haïr

Z A M N I S.

Ah! Malheureux Zamnis! Hélas tu dois mourir :

A L M A S I S.

Vous le plaignez? Qui vous a fait connoître
Que Zamnis eſt l'objet de mes vœux les plus doux?

Z A M N I S.

O Ciel !

A L M A S I S.

Cette pitié que vous faites paroître
Adoucit ma haine pour vous.

ZAMNIS.

Non, non, belle Almafis, à vos yeux pleins de
charmes
Jamais Zamnis ne coutera de larmes ;
Oubliez vos regrets, aimez bien tendrement.

ALMASIS.

Qu'entens-je ?

ZAMNIS.

Détournez ce voile un feul moment.

Il fe met à genoux.

ALMASIS.

Levant fon voile.   *Elle jette fon voile.*

Ah ! Zamnis... Oui c'eft vous ! C'eft vous Zamnis
que j'aime.

ZAMNIS.

Almafis...

ALMASIS.

Vous doutiez de ma tendreffe extrême ?

ZAMNIS.

Toujours timide dans mes vœux,
Mais avec le cœur le plus tendre,
Jamais à votre main je n'euffe ofé prétendre,
Sans un fecret efpoir que j'ai pris dans vos yeux.

ALMASIS.

Sans doute un même inftant a formé nos doux nœuds.

Z A M N I S.

Votre hymen eſt le prix de ma flâme amoureuſe,
En l'obtenant je diſois en ſecret,
Oui, j'aime mieux la perdre & mourir de regret,
Si c'eſt un autre Amant qui peut la rendre heureuſe.

A L M A S I S.

Eh ! Quel autre que vous auroit pû m'enflâmer ?
Quel autre eut inſpiré le penchant qui m'attire ?
Vous connoître, c'eſt vous aimer ;
Vous regarder, c'eſt vous le dire.

E N S E M B L E.

C'eſt pour vous que je vivrai ;
Deſtin charmant, douce chaine.
Ah ! Que je vous aimerai,
Pour reparer l'erreur qui cauſa notre peine.

Z A M N I S.

Eſclaves raſſemblez de mille endroits divers,
Annoncez ce grand jour par vos plus doux concerts.

SCENE V.

L'ORDONNATRICE & *fa fuite*, *un* INDIEN,
*Troupes d'*ESCLAVES *de diverfes Nations & les*
ACTEURS *de la Scéne précédente.*

Il s'éléve au fond du Théâtre un
Trophe, foutenu par des Génies.

ZAMNIS.

CElébrez l'ardeur la plus belle ;
Que le nom d'Almafis s'éleve jufqu'aux cieux:
Brifez vos fers, faites regner les jeux ;
Tout doit être heureux auprès d'elle.

LE CHŒUR.

Célébrons l'ardeur, &c.

On *danfe.*

L'ORDONNATRICE ET L'INDIEN.

Chantons tous à l'envi la faveur des amours,
Elle affemble deux cœurs faits pour s'aimer toujours.

LE CHŒUR.

Chantons tous à l'envi, &c.

L'ORDONNATRICE.

Sans langueur, fans inquiétude,
Ils chériront les mêmes loix ;
On verra les plaifirs, pour la premiere fois,
Rendus plus doux par l'habitude.

L E   C H Œ U R.

Chantons tous à l'envi, &c.

L' I N D I E N

Aimons en affurance,
Almafis regne en ces lieux;
Son exemple & fes beaux yeux,
Feront triompher la conftance,

L E   C H Œ U R.

Son exemple & fes beaux yeux
Feront triompher la conftance.

L'O R D O N N A T R I C E & L'I N D I E N.

Chantons tous à l'envi la faveur des amours.

L E   C H Œ U R.

Chantons tous, &c.

L'O R D O N N A T R I C E.

Elle affemble deux cœurs faits pour s'aimer toujours.

L E   C H Œ U R.

Elle affemble, &c.

On danfe.

On reprend le Chœur. Célébrez l'ardeur la plus belle, &c.

Fin de la premiére Entrée.

I S M E N E,

ISMÉNE,

PASTORALE HÉROÏQUE,

DONNÉE A VERSAILLES

En 1747 & 1748.

Et mife pour la premiére fois au Théâtre de l'Académie
Royale de Mufique, le Vendredi 28 Août 1750.

SECONDE ENTRÉE.

C

Les Paroles font de Monfieur DE MONCRIF.

La Mufique eft de M REBEL ET FRANCŒUR ,
Sur-Intendans de la Mufique de la Chambre du Roi,
& Infpecteurs de l'Académie Royale de Mufique.

ACTEURS.

ISMENE, *Nymphe,* Mlle. Coupée.

DAPHNIS, *Berger,* M^r: de Chaffé.

CLOÉ, *Bergere,* Mlle. Jaquet.

CHŒUR de BERGERS & de BERGERES.

TROUPE de FAUNES & de PASTRES.

PERSONNAGES DANSANS.

Premier Divertiſſement.

BERGERS, BERGERES.

Mlle. PUVIGNE'E.

Mrs. Hamoche, Le Lievre, Bourgeois.

Mlles. Briſeval, Sauvage, Parquet.

Second Divertiſſement.

FAUNES ET DRYADES.

Mr. VESTRIS.

Mrs. Laval, Dupré, Feuillade.

Mlles. St. Germain, Beaufort, Thierry.

PASTRES.

Mr. DE LANY. Mlle. DE LANY.

Mrs. Laurent, Beat.

Mlles. Dazenoncourt, Victoire.

ISMÉNE,

PASTORALE HÉROÏQUE,

DEUXIÉME ENTRÉE.

Le Théâtre repréfente un Boccage. On voit au fond la Statuë du Dieu Pan, & dans l'un des cotés un Temple.

SCENE PREMIERE

DAPHNIS.

ÉPHIRS, aimables fleurs, & vous claire fontaine;
Vous m'avez vû cent fois fuivre les pas d'Ifmene?
Apprenez lui mes feux, qu'ils puiffent la toucher.

Daphnis, dût-il nourrir une tendreſſe vaine,
Au penchant de ſon cœur ne veut point s'arracher.

> Viens, vole Amour, parle toi-même;
> Fais triompher l'ardeur dont je ſuis en-
> flammé;
> Si je ne puis me croire aimé,
> Je ne dirai jamais que j'aime.

> Viens, vole, Amour, parle toi-même,
> Fais triompher l'ardeur dont je ſuis en-
> flammé.
> Mais je ſens que le Dieu m'éclaire...

> A la Beauté la plus ſevére,
> Par un détour ingenieux,
> On peut peindre & voiler ſes feux;
> C'eſt à la fois, s'expliquer & ſe taire.

Iſméne vient, Amour favoriſe mes ſoins:
J'attendrai le moment de la voir ſans témoins.

SCENE II.

ISMENE, CLOÉ, BERGERS ET BERGERES.

CLOÉ.

VOTRE félicité belle Iſmene m'eſt chére,
J'aime à voir qu'en ces lieux, tout s'empreſſe à vous
plaire.

Dans les jeux que pour vous on prend soin de former,
Vos talens enchanteurs vous font mille conquêtes :
Ce fut pour couronner votre art de tout charmer,
    Que l'Amour inventa nos fêtes.

Veut-on offrir, au plus aimable objet,
Les premiers dons que le Printems ramène?
    La Bergere la plus vaine,
    Malgré foi, dit en fecret :
    Ah ! Ce prix eft pour Ifméne.

Mais nos jeux en ce jour ne peuvent vous flater ?

I S M E N E.

Jadis, le Dieu des bois, dans ce lieu folitaire,
Du deftin des Amans dévoiloit le myftere,
    J'ai béfoin de le confulter.

C L O É.

    Eh par quel miracle,
    Ce divin Oracle,
Rendroit-il votre fort plus doux ?

L E C H Œ U R.

Qui vous voit vous adore ;
Vous nous enchantez tous.

Peut-on former des vœux encore,
Quand on eft belle comme vous?

C L O É.

Qui vous voit, &c.

L E　C H Œ U R.

Qui vous voit, &c.

C L O É.

Le même jour raméne parmi nous,
La fête d'Isméne & de Flore.

Qui vous voit, &c.

L E　C H Œ U R.

Qui vous voit, &c.

C L O É.

Nos demi-Dieux avec un soin jaloux,
Ont placé votre image au temple de l'Aurore.

L E　C H Œ U R.

Qui vous voit, &c.

C L O É.

Peut-on former des vœux encore
Quand on est belle comme vous ?

L E　C Œ U R.

Qui vous voit vous adore,
Vous nous enchantez tous. *On danse.*
I S M É N E,

I S M E N E.

Dieu des ames,
Quand tes flammes
En secret regnent sur nous:
Quel martyre,
Pour détruire
Un enchantement si doux!
On soupire,
On veut lire,
Dans le cœur de son Amant:
Tant de peine
Ne nous méne
Qu'à l'aimer plus tendrement.

On danse.

C L O É.

Vous voulez en ces lieux former des vœux secrets ?
Nous reviendrons bientôt célébrer le succès.

SCENE III.

I S M E N E.

O Vous! Qui nous fites entendre
De l'obscur avenir l'inévitable loi;
A Daphnis, en secret, j'ai destiné ma foi;
Dites-moi si son cœur est tendre;

D

Mais gardez vous de me l'apprendre
Si c'eſt pour une autre que moi :

Quelque route que je prenne
Je le rencontre au matin ;
S'il eſt des fleurs dans la plaine ,
Il en ſéme mon chemin :
L'air qui me plait davantage ,
Aux Echos de ce bocage
Il le chante tout le jour ;
Mais Daphnis , regret extrême ?
Ne m'a point dit : je vous aime :
Non , Daphnis n'a point d'amour.

A la Fête de l'aurore
Je quittai bien-tôt les jeux :
Il danſa , dit on , encore ;
Mais l'ennui peint dans les yeux :
Il ſuivit bien-tôt mes traces ;
Je fus au Temple des Graces ,
Il parut dans le moment.
Mais Daphnis , ſurpriſe extrême ?
Ne me dit point : je vous aime.
Non , Daphnis n'eſt point amant.

On vient. Ah ! C'eſt lui-même.

SCENE IV.
ISMENE, DAPHNIS.
ISMENE.

QUel deffein vous attire en ce bois écarté ?

DAPHNIS.

J'y viens rêver en liberté.

ISMENE.

Vous ! Rêver ?

DAPHNIS.

Je formois d'agréables chiméres :
C'eft ma feule félicité.

ISMENE.

Quoi ! Des erreurs vous font elles fi cheres ?

Votre bonheur fera peu de jaloux ;
Comment peut-on céder au charme des menfonges ?
C'eft fuir des biens cent fois plus doux ,
Pour s'égarer avec les fonges.

L'erreur qui féduit
Aifément s'envole ;
Le réveil détruit
Un bien fi frivole.

Votre bonheur , &c.

D ij

DAPHNIS.

J'imaginois une Beauté
Par un jeune Berger fuivie :
Lifis.... c'eft le Ferger, la Nymphe, c'eft Zélie.
Mais quoi ce récit inventé
Peut-être déja vous ennuie ?

ISMENE.

La peinture des tourmens ;
Ou du bonheur des amans ,
N'eft jamais indifferente :
Sont-ils dans l'attente
D'un deftin heureux ,
Avec eux ,
On s'impatiente.

Oui vous m'intereffez, Daphnis ,
Parlez.... Hé bien , Lifis ?....

DAPHNIS.

Il éleve un autel où la reine des rofes
Régnoit fur mille fleurs nouvellement éclofes ;
A fa voix d'une Lyre uniffant les doux fons,
Des charmes de Zélie il célébroit l'empire.

ISMENE.

N'auriez-vous point retenu fes chanfons ?

DAPHNIS.

Sans peine je puis les redire.

Traçons d'une Venus nouvelle
    L'heureux tableau :
A mesure qu'il est fidele ,
    Il est plus beau :
Quand il enchante , on ne peut craindre
    Qu'il soit flaté ;
A peine l'art va jusqu'à peindre
    La vérité.

I S M E N E.

Il cessa de chanter ? Ah Daphnis quel dommage !

D A P H N I S.

Si la Chanson vous plaît , il chanta davantage.

    Celui qui bravant l'esclavage
        A pû la voir ;
    Contre un autre écueil fait naufrage ,
        Sans le prévoir ;
    Au doux penchant qui vous attire
        En l'écoutant ;
    On croit seulement qu'on admire ;
        On est Amant.

I S M E N E.

Le portrait est charmant.... Consentez je vous prie
    Que la Nymphe l'ait entendu.

D A P H N I S.

Sans doute le Berger avoit joint sa Zélie.

I S M E N E.

Je crois imaginer ce qu'elle a répondu.

» Quand il feroit fincere
» Ce portrait enchanteur ;
» D'une fidele ardeur
» Cette preuve eft légere.

Ah ! Demandez à plus d'une Bergere ,
Un éloge flateur
Eft moins fouvent le langage du cœur,
Qu'un art trompeur de plaire.

D A P H N I S.

» Non , s'écria Lifis, quelle injuftice, ô Dieux.

» Quand c'eft vous qu'on adore ;
» Ne peut on vanter ces beaux yeux ,
» Et tout l'amour qu'ils font éclore ?
» Quand c'eft vous qu'on adore ,
» L'Amant qui l'exprime le mieux ,
» Le fent mille fois mieux encore.
» Mais Lifis connoît trop qu'il doit fuir vos attraits.

I S M E N E.

Lifis fuiroit Zelie ? Hé ! Quel dépit l'infpire ?

D A P H N I S.

Il prouve fon amour par mille foins difcrets;
En douter c'eft lui dire ,
Je ne vous aimerai jamais....

Vous n'imaginez plus ce que la Nimphe pense ?

ISMENE.

Je la crois interdite.... Et confultant fon cœur.

DAPHNIS.

Et ce cœur, il n'a donc que de l'indifference ?

ISMENE.

Peut-être du Berger il accufe l'erreur.

DAPHNIS.

Quoi; l'erreur! Que ce mot pour Lifis a de charmes?
Un efpoir enchanteur adoucit fes allarmes.

Daphnis a ux genoux d'Ifmene.

Il tombe à fes genoux! Ah? connoiffez mes feux....

Les Bergers paroiffent.

Ciel! On vient.

ISMENE.

Achevez.

DAPHNIS.

On annonca des jeux.
Lifis défefperé fut contraint de fe taire....
Hé? Que penfoit Zelie en ce moment fâcheux?

ISMENE.

Elle partageoit fa colere.

On danfe.

S C E N E V.

ISMENE, DAPHNIS, CLOE, BERGERS,
& BERGERES, Troupes de FAUNES, PASTRES.

C L O É.

L'Oracle a-t'il parlé ! Sans doute dans ce jour
Le deſtin à vos vœux n'oppoſe point d'obſtacles?

I S M E N E.

Je n'ai conſulté que l'Amour
C'eſt le plus charmant des Oracles.

Daphnis, je vous choiſis, vous êtes mon vainqueur.
Mais que dis je choiſir, j'obéis à mon cœur,
Oui Daphnis, je vous aime.

D A P H N I S.

Aveu charmant ! Félicité ſuprême :
Un ſeul mot a rempli les vœux que je formois.

I S M E N E.

Depuis long-tems je vous aimois.

D A P H N I S.

Dans votre cœur je n'oſois lire.

I S M E N E.

Depuis long-tems je vous aimois,
Qu'il me tardoit de vous le dire !

ENSEMBLE

ENSEMBLE.

Du tendre amour j'ignorois le pouvoir
Ce Dieu triomphe dans mon ame.
Ah ! Que j'aime à vous devoir
Le doux transport qui m'emflame.

ISMENE.

Amours Plaisirs & Jeux,
Regnez troupe riante,
Que tout chante
Dans ces lieux.
Amours, &c.

On danse.

CLOÉ.

Que tout chante
Dans ces lieux.
Ismene est charmante.
Daphnis est heureux.

LE CHŒUR.

Que tout chante, &c.

On danse.

DAPHNIS.

Vous qui voulez charmer
Voici tout le mystere :
Songez moins à plaire,
Qu'à bien aimer.

E

Amant
D'un objet charmant,
Sa feule préfence
Payoit mon tourment :
Perdant avec conftance
Les foins que j'offrois ,
Du moins je l'adorois.

Vous qui voülez charmer , &c.

Belle Ifmene
Quelle chaine
Sort plein d'attraits:
Heureux déformais
Nos jours vont couler en paix.

Vous qui voulez charmer
Voici tout le myftere :
Songez moins à plaire
Qu'à bien aimer.

On danfe.

Fin de la deuxiéme Entrée.

LINUS,

BALLET HÉROÏQUE.

Remis au Théâtre de l'Académie Royale de Musique ;
le Vendredi 28 Août 1750.

❖❖❖❖❖❖❖❖❖❖❖❖❖❖❖❖❖❖❖❖❖❖❖❖❖
TROISIÉME ENTRÉE.
❖❖❖❖❖❖❖❖❖❖❖❖❖❖❖❖❖❖❖❖❖❖❖❖❖

Les Paroles *font* de Monfieur *DE MONCRIF.*

La Mufique *eft* de M * * * *

SUJET.

Linus selon la Fable eſt fils d'Apollon. L'Égypte ſervit d'aſile aux Dieux; c'eſt tout ce qui eſt emprunté dans la compoſition de cet Acte. Tout le reſte eſt de l'invention du Poëte. Les augmentations qu'il y a faites ſont conſidérables : le ſujet n'étant pas traité avec aſſez d'étenduë lorſque ce même Acte ajouté à l'Empire de l'Amour a été mis au Théâtre le 25 Mai 1741.

ACTEURS.

LINUS,   Mr. Jeliotte.

ISÉNIDE, *fille* D'Aménophis,

    Roi d'Égypte,   Mlle. Chevalier.

DORIS, EGYPTIENNE,   Mlle. Du Péray.

Une autre EGYPTIENNE,   Mlle. Le Miére.

Premier EGYPTIEN,   Mr. Poirier.

Deuxiéme EGYPTIEN,   Mr. Le Page.

EGYPTIENS & EGYPTIENNES.

PERSONNAGES DANSANS.

Premier Divertissement.

EGYPTIENS, EGYPTIENNES.

Mr. DUMOULIN, Mlle. PUVIGNÉE.

Mrs. Laurent, Caillé, Le Lievre, Bourgeois, Beat,

Mlles. Tierry, Beaufort, Dazenoncourt, Briseval, Deschamps.

Second Divertissement.

EGYPANS et BACCHANTES.

Mr. LYONOIS.

Mlle. CAMARGO.

Mrs. Saunier, Laval, Feuillade, Gobert.

Mlles. Desiré, Bellenot, Pajot, Ponchon.

LINUS,

BALLET HEROÏQUE.

TROISIÉME ENTRÉE.

Le Théâtre repréſente d'un côté, le Palais d'Améno-
phis : l'autre face eſt ornée de differens Édifices ;
Arcs de Triomphe, Piramides, &c. Le fond eſt un
Temple de verdure élevé dans le lieu où les Dieux
ſe retirerent, quand ils quitterent le Ciel, pourſui-
vis par les Géants. On voit entre les Portiques, les
Statues de ces Divinités.

SCENE PREMIERE.

L I N U S.

Eut-on être heureux quand on aime,
Si l'on n'eſt aimé pour ſoi-même ?
Non, Linus tu ne dois conſulter que
  l'Amour,
A l'Egypte cachons encore

Qu'Apollon m'a donné le jour,
Le Roi fçait mon fecret, la Princeffe l'ignore :
    Que dans le cœur de cet objet charmant
    Le feul Amour favorife l'Amant.
    Peut-on être heureux quand on aime ,
    Si l'on n'eft aimé pour foi-même ?

    Des jeux font ordonnés ;
Memphis va célébrer ces jours fi fortunés ,
Où les Dieux habitoient ce féjour folitaire :
Dans ces jeux , tout mortel peut au gré de fes vœux,
    Se choifir un Dieu tutélaire :
La Princeffe y préfide , au choix qu'elle va faire
Je pourrai découvrir le deftin de mes feux.

Elle vient ; attendons les plaifirs qu'on apprête
    Pour m'offrir à fes yeux.
Allons preffer l'inftant de commencer la Fête.

S C E N E II.
I S É N I D E , D O R I S.
D O R I S.

PRinceffe vous laiffez échaper des foupirs ?
Adorée en Egypte où régne votre Pere ,
    Tout vous rit , tout cherche à vous plaire.
    Quels font vos fecrets déplaifirs ?
Dans d'autres Cours on rend hommage

                          Au

Au souverain pouvoir;
Ici, le zéle est l'ouvrage
Du charme qu'on trouve à vous voir.

ISÉNIDE.

Linus..... Non, non, je ne veux plus l'entendre.
Hélas ! Ils étoient inconnus
Les dons que sur Linus le Ciel daigna répandre.

DORIS.

Vous ne m'écoutez pas & parlez de Linus ?
Hé bien, daignez apprendre
Par quels charmes secrets,
Il attache à ses pas tous vos heureux sujets.

Quand sa Lyre & sa voix, par les Graces guidées.
Exercent leur pouvoir sur nous ;
Il fait naître dans l'ame un sentiment si doux ;
Il présente à l'esprit tant d'aimables idées ;
Qu'on diroit qu'il parle de vous.

ISÉNIDE.

Non, non, pour tout séduire
Sa voix, ses seuls accens ne font que trop puissans.

Quelquefois quand l'Amour veut qu'un cœur fier
soupire,
L'Esprit & la Beauté, malgré tout leur empire,
N'offrent que des secours sans pouvoir, ou trop
lents :

F

Quand des chants amoureux viennent ravir les
　　　fens ,
La Raifon s'abandonne à ce tendre délire ,
L'Amour , pour triompher de tout ce qui refpire ,
L'Ingénieux Amour inventa les talens:

D O R I S.

Vous ne me caufez plus d'allarmes
　　Si c'eft l'amour qui vous fait foupirer ;
Non , non , le fort qu'il doit vous préparer
　　Nous eft annoncé par vos charmes.

I S É N I D E.

J'aime , il eft vrai , je l'aime ! & mon cruel tourment ,
C'eft qu'en vain dans mon cœur je combats mon
　　　Amant.
Ce langage enchanteur qu'accompagne fa Lyre ,
　　Eft dans Linus un art de tout charmer ;
　　　Chante-t'il le plaifir d'aimer ;
　　　Ce qu'il exprime il vous l'infpire,
　　S'il vous peint les Zéphirs flateurs ,
　　Parcourant nos plaines riantes ;
Ses fons femblent voler fur leurs aîles brillantes ,
Careffer , embellir , & conferver les fleurs.

D O R I S.

Je ne demande point fi Linus vous adore.

I S É N I D E.

Je fais tous mes efforts pour en douter encore.

Ce Mortel , cet Enchanteur ,
Eſt né dans un rang vulgaire.
Faut-il qu'une loi ſévére
S'oppoſe à ma tendre ardeur ?
Tout l'éclat de la grandeur
Vaut-il le don de plaire ?

D O R I S.

Il vient....

I S É N I D E.

Ah ! Cachons bien le trouble de mon cœur.

SCENE III.

LINUS, ISÉNIDE, DORIS.

L I N U S.

PRinceſſe pour la fête un grand peuple s'avance ;
Déja du haut des Cieux ,
La plus douce eſpérance
Deſcend dans tous les cœurs , brille dans tous les
yeux :
Chacun , par votre main , voit avec confiance,
Son encens s'élever juſqu'au trône des Dieux....
Me ſera-t'il permis d'implorer la puiſſance
D'une Divinité, l'objet de tous mes vœux ?

I S É N I D E.

Linus , de ce grand jour je respecte l'usage :
Tout mortel à mes vœux peut joindre son hommage ,
　　　Célébrez les Dieux avec nous :
　　　Qui peut mieux les chanter que vous ?
　　　Ils vous ont appris leur langage ?

L I N U S.

Que j'aime à les chanter ? ils vous cheriffent tous.

　　　Quand c'eft Venus que votre main encenfe
　　　Une tendre reconnoiffance
　　　Peut feule vous animer ;
　　Quels dons encor en pourriez vous attendre ?
　　　Avec tant de graces à rendre ,
　　　On n'a plus de vœux à former.

I S É N I D E.

Eft il quelque mortel qui ne craigne ou n'efpere ?
Puiffent être exaucés tous les vœux qu'on va faire.

L I N U S.

　　　Qu'un Temple où vous préfidez ,
　　　Doit infpirer de zéle !
　　　La ferveur fera fidele ,
　　　Les fermens toujours gardés ;
　　Mais on poura douter fans ceffe ,
　　　Si l'encens préfenté
　　　S'adreffe à la Divinité
　　　Ou s'offre à la Prêtreffe :

ISÉNIDE.

Allez preſſer les Jeux...... Je l'ai trop écouté.

SCENE IV.

ISÉNIDE.

QUel danger d'avoir un cœur tendre !
Mais, quelle ſource de plaiſir !
Contre un penchant trop doux cherchant à me
déffendre,
La peine que je ſens ne ſçauroit ſe comprendre :
Qu'à mes regards Linus vienne s'offrir ,
La douceur de le voir, le plaiſir de l'entendre,
Payent cent fois les maux qu'il m'a fallu ſouffrir :
Quel danger d'avoir un cœur tendre ,
Mais quelle ſource de plaiſir.

Que dis-je , ô Ciel ! Quelle eſt mon eſpérance....
Rompons , briſons des nœuds dont ma gloire
s'offence.
Oui, ſans oſer le déclarer ,
C'eſt toi cruel amour que je vais implorer
Pour arracher mon cœur à ta puiſſance....
Triſte partage hélas ! de n'oſer déſirer
D'autre bien que l'indifference.

S C E N E V.

LINUS, ISÉNIDE, DORIS,
CHŒURS D'EGYPTIENS.

On apporte un Autel.

I S É N I D E.

DEclarons par nos chants, nos vœux les plus
    fecrets,
    Les Dieux daigneront les entendre;
    Qu'ils verfent leurs plus doux bienfaits
Sur les lieux où jadis on les a vû defcendre.

L E C H Œ U R.

Déclarons, &c.

*ISÉNIDE tenant un vafe
qui fert aux facrifices & s'ap-
prochant de l'Autel,*

    Il eft une Divinité
A qui j'adreffe cette offrande;
De fa faveur on eft flaté,
C'eft fon oubli que je demande.

Elle verfe des parfums fur l'Autel.

L I N U S à part.

Quai-je entendu! l'Amour eft ce Dieu redouté?

ISÉNIDE.

Jours annoncés par la plus belle aurore ;
Charmant ramage des oiseaux ;
Riantes fleurs qu'on voit éclore ;
Concerts de nos Bergers dansans sous les ormeaux ;
Paisibles bois, douce habitude
D'aimer le bruit des eaux, la fraicheur des Zéphirs ;
Plaisirs exempts d'inquiétude
Soyez toujours mes uniques plaisirs.

Elle entoure l'Autel de guirlandes.

LINUS *à part.*

Tant de crainte d'aimer annonce un cœur sensible ;
Dévoilons son secret, Amour, s'il est possible :

Il s'approche de l'Autel.

J'adresse mon encens au Dieu de l'Univers :
Et ce n'est pas le Dieu dont le tonnerre gronde,
Ni celui qui du fond d'une grotte profonde,
Peut déchaîner les vents, & soulever les mers.
J'adore un Dieu charmant : par sa bonté féconde,
Les plaisirs les plus chers entourent ses Autels ;
Il a placé son trône au séjour des mortels.....
Et dans les plus beaux yeux du monde.....

ISÉNIDE.

O destin ! O grands Dieux ! du moins accordez-
vous :

Eh ! Pourquoi des Mortels éprouver la foibleffe ?
Faut-il qu'un bien charmant vienne s'offrir à nous;
Quand notre fort hélas ! Eft de le fuir fans ceffe ?

L I N U S.

Par un pouvoir divin je me fens éclairer.....
Il femble de mes yeux écarter un nuage ;....
Ah!Princeffe... Ecoutez... Ce qu'il va m'infpirer...

    Combien votre plainte outrage ;
    Un Dieu votre ferme appui ?
    C'eft fon plus parfait ouvrage ;
    Qui s'éleve contre lui !
    Il vaincra tous les obftacles ,
    Pour femer tous vos pas de fleurs ;
    Ah ! Croyez-en fes Oracles ,
    Vous les gravez dans tous les cœurs.

I S É N I D E.

Linus fçait mes deftins ! Quel Dieu les lui révele ?

L I N U S.

Le Dieu qu'on vous déclare avec le plus de zéle
    Par les foupirs qu'on cherche à vous cacher;
    Le Dieu qui vous forma fi belle ,
Pour excufer l'aveu qu'il vient de m'arracher.

I S É N I D E.

Linus, de quels fecrets ofez-vous donc m'inftruire ?

                LINUS.

L I N U S.

C'eſt le ſort des Mortels d'adorer vos beaux yeux.
Mais le charme de vous le dire,
N'eſt réſervé qu'au ſang des Dieux.

J'ai reçu d'Apollon le jour que je reſpire.
Le Roi connoît mon rang, il veut combler mes vœux.

I S É N I D E embraſſant l'Autel.

Amour, Amour ! Divinité ſuprême.

L I N U S.

Approuvez-vous l'ardeur extrême......
Du plus pur, du plus tendre feu ?

I S É N I D E.

En pouvez-vous douter, j'implore votre Dieu
Auſſi tendrement que vous-même.

E N S E M B L E.

L'univers te doit des Autels
Régne Divinité ſuprême.
Vole Amour, deſcens, vien toi-même,
Triomphe de tous les Mortels.

On danſe.

D O R I S, U N E G Y P T I E N.

L'EGYPTIEN.

Loin de vous tous mes jours
Duroient toujours.

G

LINUS

DORIS.

Je difois aux Zéphirs
Portez lui mes foupirs.

L'ÉGYPTIEN.

Mon aimable Doris.

DORIS.

Mon cher Daphnis.

L'ÉGYPTIEN.

Que de biens j'ai perdus.

ENSEMBLE.

O deftin! Ne nous feparez plus.

L'ÉGYPTIEN.

Se voir à tout moment.

DORIS.

Eft un enchantement.

ENSEMBLE.

Mais dans le tourment
Où l'abfence nous livre
Eft-ce vivre.

L'ÉGYPTIEN.

Loin de vous, &c.

On danfe.

UNE ÉGYPTIENNE.

Qu'un nœud plus doux
A mon Amant me lie,

Il eft jaloux,
Quelle folie,
Quand il me peint
L'inconftance qu'il craint ;
Que fert ce foin qu'à me faire fonger
Qu'enfin on peut changer.

On danfe.

ISÉNIDE.

Amour tout fert ton empire,
Les talens, les arts les jeux ;
Tout travaille tout confpire,
Au triomphe de tes feux.

D'aimer j'ofois me défendre,
J'entens Linus chanter tes loix :
Dieu charmant il faut fe rendre,
Quand tu nous parles par fa voix.

Amour, &c.

On danfe.

UN ÉGYPTIEN.

O Bachus, reçoi mon hommage,
Regne, vien me faifir ;

G ij

Ah ! Le doux efclavage ,
Où la conftance eft l'ame du plaifir !

C H Œ U R.

O Bacchus reçoi notre hommage ,
Regne, vien nous faifir;
Ah ! Le doux efclavage ,
Où la conftance eft l'ame du plaifir.

L'É G Y P T I E N.

Quel bonheur ce Dieu nous partage ,
Quels biens ! Le charme d'en jouir ,
Nous les fait cherir davantage.

C H Œ U R.

O Bacchus, &c.

L'É G Y P T I E N.

Du foir jufqu'à l'aurore ,
Venez heureux mortels :
Bachus à qui l'implore ,
Soûrit fur fes Autels.

C H Œ U R.

O Bacchus , &c.

On danfe.

L I N U S.

Honorez Apollon, c'eft un des plus grands Dieux·
Les jeux fuivent fon char, les plaifirs l'environnent ,
Animez vos concerts; elevez jufqu'aux cieux ,

Les lauriers fi flateurs dont fes mains vous cou-
ronnent :

Mais pour confacrer fes bienfaits,
Chantez, chantez l'Amour, annoncez fa victoire :
Peignez le charme de fes traits.
Célébrez à jamais fa gloire.

On danfe.

Fin du Ballet.

APPROBATION.

J'Ai lû par ordre de Monseigneur le Chancelier *les trois Actes d'Almasis, d'Ismene & de Linus*, & n'y ai rien trouvé qui ne soit digne de l'Impression & de la reputation de l'Auteur. Fait à Paris ce 22 Août 1750.

FONTENELLE.

PRIVILEGE DU ROY.

LOUIS par la grace de Dieu, Roy de France & de Navarre : A nos amés & feaux Conseillers, les Gens tenans nos Cours de Parlemens, Maîtres des Requêtes ordinaires de nôtre Hôtel, Grand'Conseil, Prevôt de Paris, Baillifs, Sénéchaux, leurs Lieutenans Civils, & autres nos Justiciers qu'il appartiendra, Salut. Nôtre très-cher & bien amé le Sieur LOUIS-ARMAND EUGENE DE THURET, cy-devant Capitaine au Regiment de Picardie; Nous a fait représenter que, par Arrest de nôtre Conseil du 30 May 1733. Nous avons revoqué le Privilege qui avoit été accordé au Sieur le Comte & ses Associez, pour raison de l'Academie Royale de Musique, les circonstances & dépendances, & rétabli ledit Privilege en faveur dudit Sieur Exposant, pour en joüir par lui, ses Associez. Cessionnaires & ayans-cause aux charges & conditions portées par ledit Arrest, pendant le temps & espace de vingt-neuf années, à compter du premier Avril de ladite année 1733 & que pour l'exploitation dudit Privilege, ledit Sieur Exposant se trouve obligé de faire imprimer & graver les Paroles & la Musique des Opera qui doivent être représentés; mais que pour cet effet il a besoin de notre Permission & des Lettres qu'il Nous a très-humblement fait supplier de lui accorder. A CES CAUSES, voulant favorablement traiter ledit Exposant : Nous lui avons permis & permettons par ces Presentes de faire imprimer & graver *les Paroles & Musique des Opera, Ballets & Fêtes qui ont été ou qui seront representés par l'Academie Royale de Musique*, tant séparément que conjointement, en tels Volumes forme, marge, caractere, & autant de fois que bon lui semblera, & de les faire vendre & debiter partout notre Royaume; pendant le temps de vingt-neuf années consecutives à compter du jour de la datte desdites Presentes. Faisons défenses à toutes personnes de quelque qualité & condition qu'elles soient d'en introduire d'Impression ou Gravures Etrangere dans aucun lieu de notre obéissance : Comme aussi à tous Imprimeur, Libraire, Graveurs, Imprimeurs Marchands en Taille-Douce, & autres de graver, ni faire graver d'imprimer, ou faire imprimer, vendre, faire vendre, débiter ni contrefaire lesdites Impressions, Planches & Figures de Paroles, de Musique des Opera, Ballets & Fêtes, qui ont été ou qui seront representez par ladite Academie Royale de Musique, tant séparément que conjointement en tout ni en partie, sans la permission expresse & par écrit dudit Sieur Exposant, ou de ceuxqui auront droit de lui; à peine de confiscation tant des Planches & figures que des Exemplaires contrefaits, & des Ustanciles qui auront servi à ladite contrefaçon, que Nous entendons être saisis en quelque lieu qu'ils soient trouvez, de dix mille livres d'amende contre chacun des Contrevenans, dont un tiers à Nous, un tiers à l'Hôtel-Dieu de Paris, l'autre tiers audit-Sieur Exposant, & de tous dépens, dommages & interests, à la charge que ces Presentes seront enregistrées tout au long sur le Registre de la Communauté des Libraires & Imprimeurs de Paris, dans trois mois de la datte d'icelles; que la Gravure & Impression desdites Paroles & Opera sera faite dans notre Royaume & non ailleurs, en bon papier & beaux caracteres, conformément aux Reglemens de la Librairie, & notamment à celui du dix Avril 1725. & qu'avant de l'exposer en vente les Manuscrits gravés ou imprimé seront remis dans le même état où l'Approbation y aura été donnée ès mains de notre très-cher & feal Chevalier Garde des Sceaux de France, le Sr Chau-velin ; qu'il en fera remis deux Exemplaires de chacun dans notre Bibliotheque publique un dans celle de notre Château du Louvre, & un dans celle de notre très-cher & feal Chevalier Garde des Sçeaux de France le Sr Chauvelin. Le tout à peine de nullité des Préfentes ; Du contenu defquelles Vous mandons & enjoignons de faire jouir ledit Sieur Expofant, ou fes Ayants-caufe, pleinement & paifiblement fans fouffrir qu'il leur foit fait aucun trouble ou empêchement. Voulons que la Copie defdites Préfentes, qui fera imprimée tout au long au commencement ou à la fin dudit Ouvrage, foit tenue pour dûement fignifiée ; & qu'aux Copies collationnées par l'un de nos amés & féaux Confeillers & Secretaires, foy foit ajoûtée comme à l'Original. Commandons au premier notre Huiffier ou Sergent, de faire pour l'e-xécution d'icelles tous Actes requis & neceffaires, fans demander autre permiffion, & no-nobftant Clameur de Haro. Chartre Normande & Lettres à ce contraires. Car tel eft nôtre plaifir. Donné à Fontainebleau Paris le douziéme jour du mois de Novembre, l'An de Grace mil fept, trente-quatre, & de notre Regne le vingtiéme : *Et plus-bas*, Par le Roy en fon Confeil. *Signé* SAINSON, avec paraphe.

Regiftré fur le Regiftre VIII. de la Chambre Royale des Libraires & Imprimeurs de Paris, N. 797. fol. 779. conformément aux anciens Réglemens, confirmés par celui du 28 Février 1723. A Paris le 23 Novembre 1734.

G. MARTIN, *Syndic.*